AF313709

LA VACCINE,

POËME

QUI A REMPORTÉ LE PRIX PROPOSÉ PAR LA SOCIÉTÉ
D'ÉMULATION DE CAMBRAI, EN DÉCEMBRE 1809.

LA VACCINE,

POËME

QUI A REMPORTÉ LE PRIX PROPOSÉ PAR LA SOCIÉTÉ
D'ÉMULATION DE CAMBRAI, EN DÉCEMBRE 1809;

PAR

M. Antoine-Marie GAUTHIER-DÉSILES,

Membre du Conseil de Préfecture du département de l'Ain,
des Sociétés d'Émulation de Bourg et de Cambrai.

Ea visa salus morientibus una.
Virg., *Géorg.*, lib. III, v. 510.

A PARIS,

CHEZ MICHAUD FRÈRES, IMP.-LIBRAIRES,
RUE DES BONS-ENFANTS, N°. 34.
ET CHEZ P. BLANCHARD ET Cᵉ., LIBRAIRES,
Rue Mazarine, N°. 30; et Palais-Royal, galeries de bois, N°. 240.

M. DCCC. X.

DISCOURS

PRÉLIMINAIRE.

IL est donné quelquefois à l'homme de génie
de pénétrer dans la profondeur de l'avenir, et
de pronostiquer des phénomènes qui paraissent
à peine croyables au vulgaire, alors même qu'ils
se passent sous ses yeux. C'est ainsi que le fameux et savant Boerhaave osa dire, long-temps
avant la découverte de Jenner, qu'il n'était pas
impossible de trouver un jour l'antidote de la
petite Vérole, un moyen de l'éteindre, de manière que lors même que ce mal contagieux serait introduit dans le corps, il ne produisît plus
la maladie.

Cette hardiesse, il est vrai, fut l'objet des
plaisanteries du siècle où vivait ce grand homme.
« La nature, disait-on, a fixé les principes et les

» germes des choses sur des lois si constantes,
» que celui qui entreprendrait de les changer,
» ne ressemblerait pas mal à ces philosophes
» ignés, comme ils se nomment eux-mêmes,
» qui, tandis qu'ils s'étudient à changer en or
» les métaux les plus vils, trompés eux-mêmes
» dans leurs espérances, ne laissent pas de ven-
» dre chèrement aux crédules et aux ignorants
» la fumée de leurs charbons. »

Ces paroles sont du célèbre Méad, l'admira-
teur et l'ami de Boerhaave ; mais si le premier
vivait encore, quelle serait aujourd'hui sa surprise de voir l'accomplissement d'une prophétie
qui lui avait autrefois paru si absurde ! Sans
doute que loin de fermer les yeux à des faits
éclatants, celui qui, de son temps, se montra
le partisan et le défenseur éclairé de l'inoculation, s'empresserait de faire amende honorable
au profond génie qu'il avait si mal jugé, dans
une circonstance qui fait l'éloge de sa perspica-
cité. Se bornant au simple examen des effets
produits par la Vaccine, il serait le premier à
reconnaître que les lois de la nature nous sont
encore trop peu familières, pour oser asservir

sa marche à nos faibles calculs, et que presque toujours, en contemplant ses opérations, nous sommes réduits à garder le silence de l'admiration.

Si quelque chose pouvait ajouter à la gloire immense de Jenner, ce serait d'avoir été deviné par l'un des plus beaux génies de la médecine, et d'avoir eu, en quelque sorte, pour précurseur, le grand Boerhaave. Tous les deux, profonds observateurs, ont su interroger la nature, la suivre et l'aider dans sa marche, et profiter avec habileté de toutes les ressources qu'offre l'expérience guidée par l'œil de la philosophie. Tel est le chemin qui a pu conduire l'un à pressentir, et l'autre à découvrir un remède capable de faire vivre le nom de son auteur jusque dans la postérité la plus reculée.

La propriété qu'a la Vaccine de préserver le corps humain de la petite Vérole, est maintenant regardée comme un fait incontestable; mais vouloir expliquer son action mystérieuse, c'est aller au-delà des bornes de nos connaissances actuelles, et peut-être de nos facultés. Comment concevoir, en effet, qu'une légère

indisposition particulière à l'un de nos animaux domestiques, puisse servir d'antidote à la maladie la plus meurtrière qui ait jamais ravagé l'espèce humaine ? Tout au plus, pour arriver à l'explication de ce phénomène, pouvons-nous tirer quelque induction de la ressemblance qui existe entre les maladies et les poisons. Écoutons ce que dit, à ce sujet, l'éditeur des œuvres de Méad :
« De même que ceux-ci (les poisons), dans cer-
» taines circonstances, peuvent devenir des re-
» mèdes, de même il est des maladies qui pa-
» raissent telles à nos yeux, et qui sont un
» moyen mis en usage par la nature pour notre
» guérison. On l'a dit de la fièvre ; on pourrait
» le dire de bien d'autres ; et peut-être qu'un
» jour la liste des maladies qu'il ne faut pas trai-
» ter, sera plus considérable que celle des maux
» regardés comme incurables. Ce qui est poison
» dans un climat, ne l'est pas dans un autre, et
» se guérit quelquefois dans le premier par un
» moyen qui serait poison dans le second. De
» même il est des maladies endémiques d'un cli-
» mat, qu'une maladie endémique d'un autre
» climat guérirait. »

Aucun des moyens qu'emploie la nature pour arriver à ses fins, ne se dévoile à nos regards, sans nous faire passer de surprise en surprise. Là, dit Méad, des productions végétales qui sont des poisons pour nous, servent à nourrir et même à engraisser des animaux ; et ceux-ci, à leur tour, nous fournissent non seulement une nourriture avantageuse, mais encore des secours efficaces à titre de remèdes : c'est ainsi que l'hellébore donne de l'embonpoint aux corneilles et aux chèvres, et que les étourneaux s'engraissent avec la ciguë. Ici la vipère doit à son venin les qualités excellentes qui la rendent d'un usage si salutaire dans des maladies très graves.

Ces faits, et beaucoup d'autres semblables, parurent-ils moins étonnants à ceux qui les observèrent les premiers, qu'ont pu le paraître de nos jours les effets de la Vaccine ?

Cependant, personne encore n'a été tenté de les révoquer en doute. Le temps viendra, s'il n'est pas déjà arrivé, où il sera aussi absurde de nier l'efficacité de la Vaccine, qu'il le serait en plein jour de ne pas croire à l'existence de la lumière ; alors on dira de la Vaccine, comme

on l'a dit dans le siècle dernier de l'inoculation
de la petite Vérole : « Elle a eu le sort de tous
» les grands remèdes ; des partisans zélés, qui,
» pour en trop dire, laissent la conviction de
» ceux qui les écoutent en-deçà de l'enthou-
» siasme qui les séduit ; des adversaires fameux,
» non moins outrés, toujours prêts à rejeter les
» faits , à infirmer les autorités qu'on leur op-
» pose , toujours prêts à admettre tout ce qui
» peut favoriser le système dont ils se sont dé-
» clarés les patrons, ou auquel ils se sont voués.
» C'est ainsi qu'ont paru successivement en mé-
» decine le mercure, l'émétique, le quinquina,
» loués , prônés , élevés par les uns, rabaissés
» par les autres ; et le tout, fondé non seule-
» ment sur des principes contraires , mais aussi
» sur des observations contradictoires faites et
» publiées dans le même temps par les auteurs
» respectifs. On n'en peut conclure autre chose,
» sinon que les hommes de tous les lieux et de
» tous les siècles se ressemblent encore plus par
» leurs défauts que par leurs bonnes qualités ;
» que l'intérêt de la vérité leur est moins cher
» que celui de leurs passions ; que c'est de l'ex-

» périence et du temps que la bonne cause doit
» attendre son triomphe (1). »

Oui, le temps et l'expérience ! voilà en effet
les épreuves certaines de toute vérité prise dans
l'ordre physique : jamais les admirateurs de Jenner n'en ont voulu d'autres pour leur soumettre
sa découverte. Ce sont elles qui ont amené les
conclusions lumineuses par lesquelles les membres du comité central de Vaccine ont terminé
leur rapport. Après plusieurs années d'observations, après une foule d'expériences répétées au
sein de la capitale, dans les départements, dans
toute l'Europe, ils se sont crus en droit d'affirmer la vertu préservative de la Vaccine, et d'of-
frir ce préservatif comme un moyen assuré d'é-
teindre la petite Vérole sur tout le globe. Il est
impossible que ceux qui prendront la peine de
lire ce rapport, où les faits s'accumulent, où
l'on voit combien de précautions ont été prises
pour échapper à l'erreur; il est impossible, di-
sons-nous, que les lecteurs de ce rapport, s'ils

____

(1) *OEuvres de Mead*, Avertissement de l'éditeur,
tome Ier., pages 393—94.

sont de bonne-foi, ne se rangent pas de l'avis de ses auteurs.

Mais il est trop vrai que souvent la légèreté, l'ignorance, la prévention, toutes les passions qui ont coutume de se déchaîner contre la vérité, rendent inutiles les armes de la raison. C'est alors que celles de la satire doivent être appelées à son aide : de tout temps elle a eu le droit de marquer de son sceau les écrivains dangereux qui fondent leurs calculs intéressés sur les erreurs des hommes ; de tout temps il lui fut permis de couvrir de ridicule des êtres que leur aveuglement rend incapables de raisonner, ou qui ne s'acharnent à défendre une mauvaise cause, que parce qu'ils ont d'abord eu le tort de l'embrasser. Jamais présent plus utile n'a été fait au genre humain, que celui dont l'effet est de le soustraire à une maladie horrible, et dont la Condamine a dit avec tant de vérité, qu'il n'y en a d'exempts que ceux qui ne vivent pas assez pour l'attendre. Jamais aussi accueil plus favorable ne fut fait à aucune des autres ressources précieuses que nous offre l'art de guérir. En moins de quelques années, la Vaccine s'est répandue chez tous les peuples connus, même chez les nations les moins civilisées. Cependant d'injustes préventions contre cette innocente pratique ne sont pas encore entièrement étouffées ; un petit nombre de détracteurs s'agitent dans l'obscurité, pour alarmer la classe la plus ignorante de la société sur l'efficacité de ce remède, et principalement sur ses résultats possibles, auxquels ils attribuent l'introduction de maladies jusque - là étrangères à l'espèce humaine. C'est pour répondre à de pareilles imputations, qu'une académie ouvre un concours honorable pour elle aussi bien que pour la poésie, qu'elle appelle à défendre l'une des plus belles causes qui se soient jamais présentées à elle. Ce corps littéraire a pensé, comme l'un de nos plus grands poètes, que *le moins populaire de tous les langages a seul le droit de populariser ce qu'il y a dans le monde de plus brillant et de plus utile ; que c'est à lui que doivent avoir recours les belles actions, les procédés des arts, les phénomènes de la nature physique et morale* (1).

---

(1) Discours préliminaire du poëme des *Trois Règnes de la Nature*, par M. Delille.

Or, sous le rapport de l'éclat et de l'utilité, quel art plus que la Vaccine a des droits à nos chants, soit que l'on envisage les services éminents qu'elle est appelée à nous rendre, soit que l'on considère la beauté morale du caractère de l'homme immortel à qui nous devons sa découverte? Sans doute que si l'appui d'un grand nom lui était nécessaire, peu de personnes oseraient prétendre à la célébrer; mais il est permis de croire que le sujet est assez beau pour soutenir même un talent médiocre. En vain la petite Vérole se présente d'abord avec ses symptômes dégoûtants, Boileau l'a dit : il appartient à l'art de rendre supportable la description de cette affreuse maladie; et, mieux encore que par des préceptes, trois grands poètes ont prouvé cette possibilité par des exemples connus de tous les amateurs de la belle poésie : Lucrèce, Virgile, et l'un des poètes modernes qui ont le mieux marché sur leurs traces, M. Delille, ont fait entrer la description de la peste dans des poëmes qui assurent à celle-ci l'immortalité.

A la vérité, le génie obtient des succès là où échoue la médiocrité; mais si, pour le talent de

décrire, il faut consentir à rester infiniment au-
dessous des écrivains supérieurs que nous venons
de citer, au moins celui qui entreprend de chan-
ter la Vaccine a-t-il la douce perspective de faire
succéder à la peinture des ravages exercés par la
petite Vérole, celle des heureux effets du préservatif qui doit pour toujours faire cesser les
les premiers.

A cet avantage inappréciable, se joint celui
d'avoir à louer le désintéressement de Jenner,
dont l'éclat égale presque celui de sa découverte;
l'une oblige à parler de l'autre, et malheur à celui qui ne sentirait pas le mérite de tous les
deux ! Jenner a montré dans toute sa conduite
une noblesse de sentiments, une philantropie,
qui sont au-dessus de tout éloge, et qui n'ont
pu être inspirées que par un cœur inépuisable
dans ses affections.

Ainsi, bien loin que la Vaccine soit un sujet
dénué de beautés poétiques, comme quelques
personnes m'ont paru portées à le penser, on a
presque lieu, au contraire, d'être étonné de ce
qu'aucun de nos poètes encore n'a été tenté de
s'en emparer, et d'associer, en quelque sorte,

son nom à celui d'un homme qui, entouré de tout le cortége des vertus et du savoir, a le premier proclamé la plus grande ou l'une des plus importantes découvertes que la société, a-t-on dit au parlement d'Angleterre, ait jamais faites depuis la création du monde. Quelle peut avoir été la cause de leur silence sur une matière de cette importance ? Ne serait-ce point que la médecine semble s'être acquis le droit exclusif d'en parler, depuis le grand nombre de bons ouvrages auxquels la nouvelle inoculation a donné lieu, tels que ceux des Jenner, des Pearsons, des Lettrom, des Adams, des Thornton, et des James-Moore en Angleterre; des Dufour, des Husson, des Odier, et surtout du comité central de Vaccine en France ? Quels que soient les motifs de ce silence, n'allons pas croire que ce soit une raison de tout dire en poésie, sur un sujet qui a déjà fourni matière à tant de volumes. Le but du poète est moins d'épuiser toutes les ressources du raisonnement, que d'arriver au cœur en faisant un juste emploi du sentiment, mêlé quelquefois à la plaisanterie. Mais ce serait un excès contraire de penser qu'un sujet aussi vaste que celui de la Vaccine pût se traiter, même en vers, dans l'espace ordinaire pour les pièces de concours. Nos juges l'ont si bien senti, qu'ils n'ont imposé aucune condition à cet égard, et qu'ils paraissent avoir eu l'intention de laisser aux concurrents une certaine latitude pour le développement de leurs idées : ces derniers ont dû seulement ne pas en abuser. Les personnes qui ont l'habitude de la composition, savent, par expérience, combien un sujet borné en apparence, à la première vue, s'agrandit ensuite par la réflexion. Le travail d'un auteur consiste donc alors plutôt à resserrer son plan dans de justes limites qu'à l'étendre au-delà de celles qui lui conviennent. Au reste, il s'agit moins de savoir comment le sujet de mon poëme s'est présenté à mon esprit, que de voir si je me suis conformé au programme de l'académie de Cambrai.

Quoiqu'elle n'ait énoncé qu'en termes généraux le sujet qu'elle propose, elle a cependant fait assez connaître le sens et l'ordre dans lesquels elle veut qu'il soit traité. « Le tableau, dit-» elle, des ravages de la petite Vérole, la cri-» tique des folles déclamations des ennemis de

» la Vaccine, et le développement du bien
» qu'elle doit procurer, offrent un sujet suffi-
» sant, peut-être, pour échauffer la verve du
» poète philantrope. » Supposons maintenant
que, d'après ces données, j'aie à me tracer la
marche que je dois suivre pour composer sur la
Vaccine, sujet nouveau en poésie, un ouvrage
dont toutes les parties soient étroitement liées
ensemble, et qui fasse suffisamment connaître
la matière à quelqu'un qui n'en aurait aucune
idée; voici à peu près ce que je pourrais me
dire, ainsi qu'à cette autre personne :

Une maladie horrible décime le genre humain; l'inoculation apportée de Constantinople
par milady Wortley Montagu, n'est qu'une
faible digue opposée à ce fléau destructeur, qui
trouve le moyen de se propager par le procédé
même destiné à affaiblir ses coups. Les inconvénients attachés à cette méthode curative font
dire à un médecin habile qu'il faut inoculer tout
le monde ou n'inoculer personne ; or, jamais il
n'a été possible d'obtenir à ce procédé un assen-
timent universel. Sur ces entrefaites, Jenner découvre dans une maladie très bénigne, et parti

.culière aux vaches du comté de Gloccster qu'il habite, un préservatif de la petite Vérole. Des expériences nombreuses, et répétées dans toutes les parties de l'Europe par les médecins les plus instruits, en attestent l'efficacité ; bientôt la renommée, et plus encore la philantropie de l'auteur de cette mémorable découverte, en font parvenir les résultats dans tout le monde connu. Cette pratique est si simple, si facile, si peu coûteuse, que les gens de campagne eux-mêmes l'emploient à l'égard de leurs enfants : c'est ainsi qu'en plusieurs endroits sont arrêtées des épidémies très meurtrières de petite Vérole. Cependant quelques détracteurs, aveuglés par la prévention, ou consultant plus leur intérêt particulier que l'intérêt public , osent révoquer en doute des faits authentiques et consignés dans les écrits les plus lumineux; ils vont même jusqu'à imputer à la Vaccine des maux auxquels elle ne peut avoir aucune part, et que souvent elle prévient ou guérit, d'après le témoignage des gens de l'art. Les contes les plus absurdes sont répandus dans la classe ignorante de la société ; c'est alors qu'il est du devoir du poète de s'armer des traits de la satire, pour en percer ces êtres qui vont semant le mensonge et la calomnie, ces êtres aussi dangereux que la maladie à laquelle ils nous conseillent de nous résigner.

Tel est, en peu de mots, le plan que je me suis tracé et que j'ai tâché de suivre, autant que mes faibles talents m'en ont rendu capable.

J'ai usé du droit qu'ont toujours eu les poètes de faire intervenir dans la contexture de leurs ouvrages des êtres surnaturels. Ceux que j'ai introduits dans le mien sont la Vérité et la Mort, divinités allégoriques chez les peuples modernes, mais qui faisaient partie du système mythologique des anciens. La première rend dans la Sorbonne un oracle favorable à l'inoculation, et fait pressentir l'arrivée de Jenner, de même que les avantages de sa découverte. La seconde, à la suite de laquelle j'ai personnifié les diverses infirmités qui accablent trop souvent les tristes victimes qu'a épargnées la petite Vérole, porte, aidée de cette dernière, ses ravages dans un village ; mais elle en est repoussée par le maire et le curé de l'endroit, tous les deux zélés partisans de la Vaccine.

Ce fait épisodique et les deux autres qui le sui-
vent, sont vrais dans leurs circonstances essentielles ; pour celles qui le sont moins, je me suis
permis de les accommoder à la fable poétique.

Quant aux éclaircissements historiques ou
scientifiques, peu nécessaires à l'intelligence du
poëme, mais propres à satisfaire la curiosité ou
à inspirer le désir de remonter aux sources où
j'ai puisé moi-même, j'en ai fait l'objet des notes
placées à la suite de l'ouvrage. Je ne tairai pas
les services importants que m'ont rendus, pour
ce travail, MM. Husson et Dufour ; l'un dans
ses Recherches historiques et médicales sur la
Vaccine, l'autre dans sa traduction de l'ouvrage
du docteur Thornton sur la même matière,
ainsi que dans le discours qu'il a mis en tête de
cette traduction. J'ai eu recours également au
rapport du comité central de Vaccine, aux An-
nales de Littérature médicale, à la Bibliothèque
britannique, à l'Encyclopédie, aux différents
Traités de Méad sur les Poisons, la Peste, la petite Vérole, la Rougeole, etc. ; enfin, à un travail intéressant de M. Pacoud, docteur en chi-
rurgie, sur les progrès de la Vaccination dans

le département de l'Ain. En un mot, je n'ai rien avancé d'important qui ne soit appuyé sur des autorités respectables.

Afin d'éviter toute confusion entre l'ancienne et la nouvelle inoculation, je me suis servi des termes que l'usage a consacrés pour cette dernière; je l'ai fait avec d'autant moins de répugnance, qu'ils n'ont rien de désagréable à l'oreille, et que l'abus seul pouvait en devenir condamnable. Il ne m'appartient pas d'être le juge de mon propre ouvrage; mais je ne dissimule pas que j'ai fait, autant que le temps me l'a permis, tous mes efforts pour rendre ce poëme digne du sujet qu'il chante et des juges auxquels il est soumis.

Il y aurait peut-être une sorte d'affectation à terminer ce Discours, sans dire quelque chose d'un poëme sur l'Inoculation, qui parut, sans nom d'auteur, vers le milieu du siècle dernier. La conformité du sujet ne semble laisser au poète de la Vaccine que très peu de moyens de ne pas ressembler au poète de l'Inoculation : tous les deux ont à peindre les ravages de la petite Vérole et les bienfaits d'une méthode curative;

mais c'est à cela seulement que se borne la ressemblance. Les deux inoculations diffèrent ensuite tellement dans leur marche et leurs effets, que le poète de la Vaccine ne place l'inoculation de la petite Vérole que sur un plan très reculé de son tableau; il ne la considère que comme un premier pas fait pour arriver au terme des recherches de Jenner, à l'extinction totale de ce mal contagieux. S'il y a tant de différence entre les deux inoculations, il n'y en a pas moins entre les plans de chacun de leurs poètes. Celui de l'inoculation variolique, qui a voulu faire un poëme didactique, est entré dans des détails de maux et de remèdes qui me semblent être entièrement du ressort de la médecine; quant au poète de la Vaccine, la nature même de son sujet l'empêchait de parler de médicaments, puisqu'ils ne sont jamais nécessaires au Vacciné. L'un a prétendu faire de son poëme en quatre chants une espèce de manuel à l'usage des mères de famille; l'autre a dû se conformer aux conditions du programme de l'académie de Cambrai, qui lui tracent une tout autre marche. Cette société sait trop bien que pour instruire le peuple dans un art quelconque, il faut employer le langage qui lui est le plus familier, celui de la prose ; et que là où le médecin et l'apothicaire arrivent, l'un avec ses ordonnances, et l'autre avec ses drogues, le poète doit se taire et leur faire place.

Aussi n'ai-je emprunté du poëme de l'Inoculation, que quelques unes des remarques qui l'accompagnent, et surtout son épigraphe, qui désormais n'est plus applicable qu'à la seule Vaccine, comme étant l'unique préservatif de la petite Vérole.

LA VACCINE.

Quel est donc ce fléau que propagent les airs ;
Dont le contact impur fait aux Dieux des enfers,
De tant d'infortunés une immense hécatombe ;
Qui surprend le vieillard incliné sur sa tombe ;
Enlève, sans pitié, le tendre jouvenceau,
La beauté dans sa fleur et l'enfant au berceau ;
Ou qui condamne un front rendu méconnaissable
A porter de ses coups la trace ineffaçable ?
Monstre affreux ! tu nous vins, avec le jour naissant, (1
De la rive empestée où brille le croissant :
Oui, c'est là que s'ouvrit la boîte de Pandore,
Et que s'en exhala ce mal qui nous dévore ;
Mal cruel, que j'ai vu dépeupler d'habitants, (2
Dans son funeste essor, et la ville et les champs ;
Au milieu des festins troubler un jour de fête ;
Ôter au nourrisson le doux sein qui l'allaite,
A deux époux donner, au sortir de l'autel,
Dans les bras l'un de l'autre un sommeil éternel ;

2

Préparer à l'enfant de tristes funérailles,
Lorsque sa mère encor le cache en ses entrailles.

Son signe précurseur n'est d'abord qu'un frisson ; (3
Mais bientôt le progrès du rapide poison
Des êtres qu'il atteint menace l'existence,
Et ne laisse à leur pouls aucune intermittence :
La fièvre les consume ; au milieu de la nuit,
Un horrible fantôme en songe les poursuit ;
Leur bouche est enflammée ; avec peine ils respirent ;
De leurs sanglantes mains eux-mêmes se déchirent.
Heureux, dans leurs tourments, si la clarté des cieux,
Dès ce jour, pour jamais n'est ravie à leurs yeux !
Heureux, plutôt encor, pour finir leur misère,
Si leur froide dépouille est rendue à la terre !

Mais les maux et les biens sont mélangés pour nous :
Si nous tenons les uns du céleste courroux,
Les autres sont semés par un Dieu tutélaire ;
Lui-même conduisit au lieu qui nous éclaire, (4
L'aimable Montagu, dont s'honore Albion.
De Timone elle apprit l'Inoculation,
Cet art de prévenir le mal par le mal même,
Et qu'à tort l'on a vu d'abord mettre en problême.
Des victimes par lui s'arrachent au trépas ;
A la mort cependant toutes n'échappent pas :
Cet art est salutaire à l'être qui l'invoque ;
Mais dangereux souvent par le mal qu'il provoque, (5

Il répand avec lui, dans une région,
L'homicide venin de la contagion.
Comment, sans nul retour, à cette horrible peste,
Des malheureux humains arracher ce qui reste ?

Salut au bon Jenner, bienfaiteur des mortels !
Leurs cœurs reconnaissants lui doivent des autels.
Lui seul, dans nos climats que désole la guerre,
Sait réparer les maux causés par l'Angleterre.
Dans sa philantropie, oh ! que j'aime à le voir, (6
De la prévention secouant le pouvoir,
En Dieu consolateur, apparaître à la France !

Déjà, depuis long-temps, il médite en silence :
Si de dompter la mort il est un moyen sûr ;
Quand, soudain à Berkley, dans un réduit obscur,
A côté d'une Io que trait une bergère,
L'auguste vérité de son flambeau l'éclaire :
Il voit que cette fille, en pressant de sa main
Le pis qui la nourrit, joint au lait un venin,
Qui, reçu dans son sang, coule de veine en veine,
Et rend d'un mal affreux la guérison certaine.
Oh ! quel est son transport ! et comment l'exprimer ?
Du plus flatteur espoir je le vois s'enflammer ;
Oui, j'entends de sa voix l'expression touchante :
« Enfin, je l'ai surpris, ce secret qui m'enchante,
» Dit-il ; et désormais le pauvre genre humain
» D'une peste a trouvé le remède certain.

» Non, non, ne bornons pas nos vœux à l'Angleterre,
» La Vaccine est un don que réclame la terre ;
» De l'un à l'autre pôle étendons ses effets ;
» Que les peuples divers partagent ses bienfaits !
» L'homme souffre, il suffit : tout mortel est un frère,
» Allons le soulager dans un autre hémisphère. »
    C'est pour lui qu'il s'élance aux rives de l'Indus.
Dépourvu de secours vainement attendus, (8
Seul, il arme un esquif, et paraît comme un ange
A l'Indien brûlé que rafraîchit le Gange.
A ces peuples imbus de superstition, (9
Sur lesquels pèse encor la double oppression
Et des Nabérs altiers et des antiques Brames,
Jenner veut des Anglais faire oublier les trames.
Bientôt dans la cité que fonda Constantin, (10
Et qui servit de tombe au colosse Romain,
L'humanité le guide, et son art salutaire
Envers le Musulman acquitte l'Angleterre.
De l'aurore à Vesper, quelle est la nation (11
Qui de lui n'ait appris l'heureuse insertion
Qu'on peut, avec succès, en tout temps, à tout âge,
Opposer au fléau fameux par son ravage ;
Cet art dont la pratique, exempte d'embarras,
N'offre de ses effets les vestiges qu'au bras ;
Qui jamais à l'enfer n'immole des victimes,
Et qui, plein de respect pour les nœuds légitimes,

Ne force pas le frère à repousser la sœur,
Et par la peur d'un mal à lui fermer son cœur ?
A répandre cet art, Jenner prompt dans sa course,
De l'ardent équateur vole vers la grande Ourse,
Et signale ses pas des bords américains
Jusqu'aux lieux habités par les noirs Africains.
Le Lapon le chérit, le Persan le révère ;
Des malheureux partout il est le tendre père :
Plaçant à les servir son bonheur le plus doux,
De l'éclat des grandeurs peut-il être jaloux ?
   Près du toit qu'il habite, existe une chaumière, [12]
Où, quand l'astre du jour commence sa carrière,
Jenner aime à venir, loin d'un œil indiscret,
Visiter l'indigent qu'il soulage en secret,
Et l'entourer des soins qu'éclaire sa science.
C'est là qu'à chaque aurore, heureux de sa présence,
La veuve et l'orphelin, dénués de secours,
A l'art préservatif qui prolonge leurs jours,
Aux mots pleins de douceur que Jenner fait entendre,
Aux trésors que sur eux il se plaît à répandre,
Reconnaissent d'un Dieu la bienfaisante main.
C'est ainsi qu'à la gloire il se fraie un chemin.
Un sénat l'honora d'un éclatant suffrage : [13]
Mais du bien qu'il a fait, le plus sûr témoignage
Est le calme de l'ame aux méchants inconnu.
   Quel triomphe plus beau fut jamais obtenu ?

Là, lui sourit l'enfant qu'il conserve à sa mère :
Ici, la jeune Adèle, heureuse encor de plaire
Et d'éviter un mal, source de vifs regrets,
Répète chaque jour, en contemplant ses traits :
« O bienfaisant Jenner ! reçois mon tendre hommage.
» Si j'aime à voir encor réfléchir mon image
» Sur le crystal poli d'un fidèle miroir ;
» Si je tarde à descendre au lugubre manoir ;
» S'il coule moins de pleurs du Mexique à Surate,
» J'en rends grâce au Vaccin, qui, dans l'art d'Hippocrate,
» Sera de ton savoir l'éternel monument. »
    Eh bien ! sots détracteurs ! faut-il qu'obstinément
Vous luttiez, par orgueil, contre l'expérience ?
C'est en vain qu'enivrés d'une folle science,
Vous osez faire insulte à la Divinité,
Censurer son ouvrage et lasser sa bonté :
Semblable à ce soleil qui lui doit sa naissance, (14
Et dont quelques ingrats accusent la présence,
Sur vous qui l'outragez elle étend ses faveurs,
Et n'a que du mépris pour vos sourdes clameurs.
Insensés ! il n'est plus, ce temps de barbarie, (15
Où les tuteurs des rois, opprimant leur patrie,
Condamnaient par arrêt l'Inoculation ;
Où d'ignorants docteurs, pleins de prévention,
Rejetaient l'émétique, abhorraient la saignée ;
Où, par le docte Harvey vainement enseignée,

La circulation, dont le centre est le cœur,
De ces jaloux pédants n'obtint qu'un ris moqueur ;
Ce temps horrible enfin, où l'on vit Galilée,
Pour avoir fait mouvoir notre terre ébranlée,
Jeté dans un cachot par des inquisiteurs.

    La Vérité pourtant eut ses adorateurs :
Pour quelques jours, alors elle établit son trône
Dans un lieu révéré qu'habitait la Sorbonne :
« Inoculer, dit-elle, est un art précieux. [16]
» Recevez, ô mortels ! ce don venu des Cieux.
» Quand Dieu, pour vous sauver, s'est immolé lui-même,
» Respectez dans cet art sa volonté suprême.
» Ce remède, il est vrai, n'est que l'avant-coureur
» D'un procédé plus sûr, qu'en dépit de l'erreur
» Par-tout on recevra pour le bonheur du monde :
» Sur l'art de vacciner que votre espoir se fonde.
» Disparaisse à jamais l'exécrable fléau
» Qui de la race humaine a creusé le tombeau :
» Le jour approche enfin, où sur la terre entière,
» Qui bientôt n'eût été qu'un vaste cimetière,
» Ses heureux habitants bénissant leurs destins,
» Devront à ce bienfait des jours longs et sereins. »
    Déjà renaît l'espoir, quand, sous les traits de Vaume, [17]
Qui craint qu'à nos douleurs cet art n'apporte un baume,
Le monstre de la mort, de nos larmes nourri,
A l'aspect de Jenner jette un horrible cri :

« Souffrirai-je, dit-il, qu'il brave ma puissance ?
» Les mortels apprendront ce que peut ma vengeance.
» Sur la Vaccine, en vain ils fondent leur espoir.
» Il faut que dès ce jour, pour mieux les décevoir,
» J'oppose à leur sauveur une fausse Vaccine :
» De son art prétendu j'en ferai la ruine.
» Les faits qu'il citera, je les contredirai ;
» Et s'il le faut encor, contre lui j'écrirai.
» Est-ce donc là le prix de l'amitié fidèle
» Jurée aux médecins dont j'invoquai le zèle ?
» Eh ! quoi ? leur art aussi s'armerait contre moi !
» Ils se feraient un jeu de me manquer de foi !
» Ils oseraient tarir, lorsque je les seconde,
» Une source pour eux en richesses féconde ;
» Prolonger des humains les misérables jours,
» Quand, pour leur intérêt, j'en abrège le cours !
» Eh bien ! lâches amis, je veux que la misère,
» D'une fausse pitié soit le digne salaire ;
» Oui, j'en fais le serment, pour vous punir, ingrats,
» Sans vous je conduirai les mortels au trépas. »
 Ces mots avec fureur sont sortis de sa bouche.
A peine il a parlé, que d'un regard farouche
Il examine au loin les meurtres qu'il a faits ;
Les vaisseaux submergés, les bataillons défaits,
L'habitant des cités, le Pâtre, le Barbare,
Inondant à la fois les portes du Ténare.

Derrière lui, l'on voit et la fièvre et la faim
Conspirant des mortels la douloureuse fin,
L'effrayante pâleur, la maigreur au teint blême,
Et l'horrible laideur qui s'abhorre elle-même.
Vient aussi sur ses pas la triste Surdité, [18]
Conduisant par la main sa sœur la Cécité,
Que Delille, en ses vers, sait rendre si touchante.
Leur essaim redouté partout met l'épouvante.
Guidés par la mort même et sortis de ses flancs,
Rien n'est sacré pour eux, ni l'âge, ni les rangs :
De leurs bouches s'exhale un souffle épidémique
Qui communique au loin le mal variolique,
Et pénètre les corps par des ressorts cachés.
Malheur, en son passage, à ceux qu'il a touchés !
Ils sont comme la fleur qui se courbe flétrie,
A l'approche des vents sortis de la Lybie.
    Ce mal contagieux, sur les rives de l'Ain [19]
Ravageait un hameau, quand l'honnête Perrin,
Qui de maire y reçut l'autorité chérie,
Se montre le sauveur de sa triste patrie :
Instruit dans l'art récent, connu du globe entier,
Lui-même à la Vaccine il soumet le premier,
Son fils, son tendre fils, son unique espérance.
Il gagne tous les cœurs par sa noble assurance.
Le doute est dissipé. Les mères, à l'envi,
Conduisent leurs enfants au magistrat ravi.

Sa main fait à leurs bras une simple piqûre,
Et par l'insertion, le Vaccin leur procure
Un mal si peu sensible, un frisson si léger,
Que, délicats ou forts, ils peuvent, sans danger,
Se livrer à l'instant aux plaisirs de leur âge ;
Qu'à peine il est besoin de leur faible courage.
Onze fois le soleil sur Perrin s'est levé, (20
Quand par lui le hameau, du mal est préservé.
La voix d'un bon pasteur s'unit à son exemple.
Ainsi de la santé ce lieu devient le temple.
De ces bords fortunés tous deux chassent la mort.

   Ailleurs portant ses pas, ce monstre espère encor
Il a souri de voir une mère imprudente, (21
Qu'aveugle un faux conseil, répondre à son attente.
   Cette mère, à deux fils avait donné le jour.
Son cœur leur partageait un inégal amour :
L'un, nourri de son lait, avait la préférence ;
Phédor était son nom ; mais l'autre, dont l'enfance
A des soins étrangers devait ses premiers pas,
Moins souvent que Phédor reposait dans ses bras.
Plus juste en son penchant, leur père, avec ivresse,
Également tous deux tour à tour les caresse.
Son amour éclairé, pour assurer leurs jours,
De l'art préservatif invoque le secours.
Déjà le fer tranchant prépare une blessure,
Quand la mère effrayée, et que rien ne rassure,

S'élance sur le fer, l'arrache avec effort :
« Non, dit-elle, jamais vous n'aurez mon Phédor. »
Soit que trop elle cède à la peur qui la guide ;
Soit plutôt qu'elle écoute un conseiller perfide,
Rien ne peut la fléchir : perçant l'air de ses cris,
Des bras de son époux elle arrache son fils.
Que je plains ton erreur, ô mère infortunée !
Pourquoi dans ton refus te montrer obstinée ?
Hélas ! ne vois-tu pas qu'un fléau destructeur,
Te ravissant ce fils, va déchirer ton cœur ?
C'en est fait, il périt : sa personne si chère,
Pour jamais, est soudain enlevée à sa mère.
Sur lui, tel est l'effet du mal contagieux.
Son frère lui survit, grâce au présent des cieux.

Ici, faut-il encor d'un autre fait notoire, (22
Tracer avec douleur la déplorable histoire ?

Auprès du lac Léman, la cité de Calvin,
Comme un rare trésor renfermait dans son sein
Un être partagé des dons de la nature :
Il brillait par l'esprit, non moins par la figure ;
Mais sa bonté surtout lui gagnait tous les cœurs.
Heureux si, moins épris des fatales erreurs
Dont l'obsédait sans cesse un vain charlatanisme,
Il n'eût au vrai savoir préféré le sophisme.
D'abord il goûte l'art pratiqué par Odier :
Mais bientôt, confident d'un funeste papier

Que répand un auteur fécond dans l'art de nuire,
Par des faits controuvés il se laisse séduire.
L'épidémie est là. Sa fausse opinion
Le livre en holocauste à la contagion.
Peindrai-je sa famille et ses amis en larmes,
Les citoyens en pleurs et la ville en alarmes ?
O des faux préjugés exemples trop certains !
Puissiez-vous détromper les aveugles humains ;
Dérober à la mort d'innocentes victimes,
Et réserver ses coups à l'auteur de ces crimes !
    A vous il appartient, illustre comité, [23]
Que dirigea toujours l'exacte vérité,
De plonger dans l'oubli ce moderne Erostrate,
Qui, pour se faire un nom, insolemment se flatte
De priver les mortels d'un art conservateur.
Sans vous, on le verrait, ce risible docteur, [24]
A la Toute-Puissance oser mettre des bornes ;
Nous menacer de naître un jour avec des cornes ;
Prétendre qu'un virus tiré d'un animal
Rabaisse la raison jusqu'à l'instinct brutal,
Et peut inoculer à nos races déçues
Le germe corrupteur de pestes inconnues.
Peut-être on le croirait, si l'on ne savait pas
Qu'il a sous son bonnet l'oreille de Midas.
Telle est de ses arrêts la digne récompense.
Fidèle à la routine il défend que l'on pense.

Bientôt on va l'ouïr dans son égarement , (25
Crier à l'Ante-Christ avec le fol Erhman.
Vainement la Vaccine a fait le tour du monde ;
Il soutient que cet art vient d'une source immonde.
Mais pourquoi suspecter d'innocents animaux ,
Ne pas chercher en eux un remède à nos maux ?
Leur toison nous revêt ; et leur verte pâture
Se transforme pour nous en douce nourriture.
On les voit tous les jours servir à nos repas.
Nous vivons d'eux, par eux ; et l'on ne voudrait pas
Qu'en nos bras inséré leur virus salutaire
Nous guérît pour toujours d'un mal héréditaire ?
Qu'importent de vains cris ? A ce fait avéré
Par d'autres faits déjà n'est-on pas préparé ?
Qui ne sait qu'en un lieu fécondé par la Meuse ,
Naguère on a tenté la guérison fameuse
De ces hommes réduits au regret d'être nés ,
A tomber éperdus jusque-là condamnés ?
C'est d'eux que Raphaël emprunta son modèle ,
Pour peindre un possédé sur la toile immortelle ,
Qui retrace au Thabor Jésus transfiguré :
Mais son Énergumène a l'œil moins égaré
Que ces êtres déchus qu'on reconnaît à peine.
Eh bien ! que d'une Io la bienfaisante haleine , (26
Dans leur sang insinue un baume végétal :
Ce baume détruira la racine du mal.

Voyez aussi ce chien, dont la gueule écumante [27]
Refuse d'étancher la soif qui le tourmente :
D'un reptile effrayant si le subtil venin,
Pour le guérir alors pénètre dans son sein,
Il se calme à l'instant : aux accès de la rage,
L'instinct qui le conduit cesse d'être en partage.
Un mal ainsi souvent se guérit par un mal.
De ce poison actif, de ce roulant métal, [28]
Que, pour prévoir la pluie, en un tube on dispose,
Et qu'à l'or de la mine on unit au Potose,
On s'est fait un appui contre le mal honteux
Qui nous vint d'Amérique avec des biens douteux.
En tout brille l'essor de l'humaine industrie.
L'antimoine répare une santé flétrie. [29]
Préférable à l'or même, une poudre à nos corps [30]
Par la fièvre abattus rend de nouveaux ressorts.
Enfin, n'a-t-on pas vu l'étonnant Galvanisme [31]
Aux membres engourdis donner de l'éréthisme ;
L'ingénieux Guyton désinfecter les airs,
Et Gall, de nos cerveaux fouiller les plis divers ?
   Mais c'est peu que l'Europe en prodiges abonde ;
C'est peu que de moissons, cette terre féconde,
Pour vous qui l'habitez se couvre tous les ans ;
Que prodigue envers vous de ses riches présents,
Elle endorme vos maux par le jus de la treille,
Et de Flore à vos yeux étale la corbeille ;

C'est peu que Philomèle ait soin de vous charmer,
Que là tout vous invite au doux plaisir d'aimer ;
Qu'ici, fille du Ciel, l'abeille industrieuse
Recueille au sein des fleurs sa moisson précieuse,
Et vienne de son miel enrichir vos banquets :
Il faut, pour contenter vos désirs inquiets, [32
Aller, Européens, à des peuples timides
Arracher un métal dont vous êtes avides ;
En échange des leurs, chez eux porter vos maux,
Et de Gatimozin vous faire les bourreaux.
Il faut que de Plutus, les amorces trompeus s
Vous entraînent au loin sur des mers orageuses ;
Qu'au milieu de l'abîme entr'ouvert sous vos pas,
Cette idole pour vous ait encor des appas.
Ni Neptune en courroux, ni la fureur d'Éole,
N'arrêtent votre essor de l'un à l'autre pôle :
On vous voit, vous fiant aux hasards d'un vaisseau, [33
Payer du sang des Noirs le doux suc d'un roseau ;
Porter, la foudre en main, l'effroi dans les deux mondes ;
Pour l'or, creuser des monts les entrailles profondes,
Y plonger tout vivants de malheureux humains.
Chez l'Arabe, on vous voit braver des maux certains,
Acheter, sans frémir, une fève odorante
Au lieu même où naquit la peste dévorante
Qui n'a cédé qu'à l'art d'un bienfaisant mortel.
Telle après la tempête Iris se montre au ciel,

Ainsi paraît Jenner : il vous rend l'espérance.
C'est toi qui l'inspiras, divine Providence !
Tu lui dis : « Va, mon fils, répandre à pleines mains
» Les bienfaits de ton art sur les faibles humains.
» De moi, s'ils ont reçu la raison en partage,
» S'ils ont sur l'animal cet immense avantage ,
» A triompher des maux ils doivent l'employer.
» Vois-tu d'un matelot les bras se déployer ?
» Il fend le flot amer pour gagner le rivage,
» Et s'arrache lui-même à l'horreur du naufrage.
» Que tout mortel ainsi n'épargne nul effort
» Pour sauver sa nacelle et la conduire au port.
» Apprends que des humains telle est la différence, (34
» Qu'ici c'est le savoir, et là c'est l'ignorance
» Qui leur donne un haut vol ou borne leur essor;
» Qu'un génie inventif pour eux est un trésor ;
» Qu'ils lui doivent leurs lois , leur riche agriculture.
» Qu'eût fait l'homme, sans lui, des biens de la nature ?
» On le verrait encore, au milieu des forêts,
» De l'habit le plus simple ignorer les apprêts;
» Sans abri, sans foyer, endurer la froidure ;
» Au bœuf stupide et lourd disputer sa pâture.
» Les prodiges des arts sont nés de ses besoins.
» Qu'à s'éclairer encore il donne tous ses soins :
» Voilà le vrai moyen d'embellir l'existence,
» Et d'atteindre au bonheur, doux fruit de la science.

» Mon fils, ne souffre pas que l'être le plus sot

» Tienne, en son cercle étroit, ton génie au maillot. »

L'Éternel a parlé. Fort d'un conseil si sage,

Jenner observe un fait, en tire un bon présage,

Arrache à la nature un important secret,

Et nous dit : « Du Vaccin tel est le sûr effet,

» Qu'il soustrait votre race au mal asiatique. »

De Dieu qui nous l'envoie, entonnons le cantique ;

Rendons grâce cent fois à l'immortel Jenner :

De crainte et de douleur dût tressaillir l'enfer.

Et toi, censeur obscur, qu'éblouit la lumière,

Renonce au fol espoir de mettre une barrière

A l'art que le Ciel même apprit à son auteur.

Fréquente, si tu veux, le chemin de l'erreur ;

Mais permets, à ton tour, qu'au siècle des miracles (35

Thouret, Husson, Pinel, soient pour nous des oracles ;

Qu'éclairés par des faits en cent lieux recueillis,

Nous goûtions leurs conseils et non pas tes avis ;

Que méprisant enfin de frivoles querelles,

Du génie avec eux nous empruntions les ailes.

Sans doute à ton niveau tu veux nous rabaisser :

Mais à nous rendre nains oses-tu bien penser ?

L'eau d'un fleuve plutôt coulerait en arrière,

Avant que l'on nous vît te suivre en ton ornière,

Et d'un limon grossier avec toi nous couvrir.

Sur tes reproches vains c'est assez discourir.

Jenner a pour appui sa propre renommée.
Que peut contre un géant un débile pygmée ?

Ne voyons de l'enfant que le sort fortuné :
En ce siècle pour lui quel bonheur d'être né !
D'un tribut meurtrier sa tête est affranchie.
Au champ d'honneur, un jour on la verra blanchie :
La valeur, le savoir, vrais soutiens des états,
Sous les yeux d'un héros dirigeront ses pas ;
D'un héros, dont la main à vaincre toujours prête,
Fait du progrès des arts sa plus riche conquête.
Ainsi que rien n'échappe au Dieu de l'univers, (36
A tout, Napoléon étend ses soins divers ;
Soit que, sublime auteur des plus sages réformes,
Il régisse l'état par des lois uniformes,
Et relève à la fois, par ses faits immortels,
Sur d'anciens fondements le trône et les autels ;
Soit que d'inquisiteurs il purge l'Ibérie,
Ou qu'il protège un art qu'Alphonse en vain décrie.

  O Français ! quand la foudre à vos ordres fléchit, (37
Que des trésors des arts Lutèce s'enrichit ;
Qu'à des faits merveilleux votre histoire est ouverte ;
Accueillez de Jenner l'heureuse découverte :
Bénissez à jamais ce sage observateur,
Et tombez prosternés aux pieds du grand moteur.

FIN DU POÈME.

NOTES.

----

1) PAGE 25, VERS 9.

Monstre affreux ! tu nous vins, avec le jour naissant,
De la rive empestée où brille le croissant.

C'est dans les livres des médecins Arabes qu'on trouve ce qui a été dit, en premier lieu, de la petite Vérole. Jean-Jacques Reiske dit avoir lu, dans un vieux manuscrit arabe de la bibliothèque de Leyde, ces paroles : « C'est cette même année que parurent pour la première fois, en Arabie, la petite Vérole et la Rougeole. » Or cette année était la 572e. de notre ère, l'année précise de la naissance de Mahomet. Voyez ce qu'en dit le médecin anglais Méad dans son Traité de la petite Vérole. *Recueil de ses œuvres, tome 1er., page 404 et suivantes.*

2) PAGE 25, VERS 13.

Mal cruel, que j'ai vu dépeupler d'habitants,
Dans son funeste essor, et la ville et les champs.

Il est prouvé, par les observations les plus exactes sur les ravages qu'exerce la petite Vérole, qu'elle défigure ou fait périr le quart du genre humain. La remarque en a été faite par les Jurine, les Netleton, les Mather, les Daniel Bernouilli, et plusieurs autres auteurs qui établissent ce fait sur des calculs incontestables.

3) PAGE 26, VERS 3.

Son signe précurseur n'est d'abord qu'un frisson.

La petite Vérole, si connue des médecins arabes, est ainsi décrite par Rhazès, l'un d'eux qui vivait vers l'an 690 de notre ère : « Les symptômes qui précèdent cette maladie, sont une fièvre aigue, un mal de tête très violent, des douleurs dans les lombes, la sécheresse de la peau, la difficulté de respirer ; les yeux deviennent rouges, on sent des picotements par tout le corps, on est agité de songes affreux durant le sommeil ; enfin on a des maux de cœur avec des envies de vomir. »

4) PAGE 26, VERS 19.

Lui-même conduisit au lieu qui nous éclaire,
L'aimable Montagu, dont s'honore Albion.
De Timone elle apprit l'Inoculation.

L'inoculation parvint à Constantinople en 1713, par la voie d'une femme Thessalienne ; et c'est en 1717 que milady Wortley Montagüe, femme célèbre par les grâces de son esprit et l'étendue de ses connaissances, fit inoculer son fils dans cette même ville, où elle avait accompagné son mari qui était ambassadeur d'Angleterre à la Porte.

Quant à Timone que l'on suppose, en cet endroit du poëme, avoir enseigné l'inoculation à l'illustre Montagüe, on a pensé que l'honneur devait en être attribué à celui dont M. Dufour a fait l'éloge suivant dans le beau discours qui précède sa traduction de l'ouvrage anglais du docteur Thornton, ayant pour titre : Preuves de l'efficacité de la Vaccine : « La première dissertation qui ait paru au sujet de l'inoculation est intitulée : *Historia variolarum quæ per incisionem curantur*. Son auteur est un médecin grec, nommé Timone, membre des universités d'Oxford et de Padoue, qui s'est montré tout à la fois géomètre, philosophe, chimiste et observateur judicieux. Son esquisse sur l'inoculation est un chef-d'œuvre pour la force et la pureté du style. C'est la source à laquelle on a puisé tout ce qu'on a écrit sur cette matière (1). »

5) PAGE 26, VERS 26.

Mais dangereux, souvent, par le mal qu'il provoque,
Il répand avec lui, dans une région,
L'homicide venin de la contagion.

Voici ce que dit à ce sujet l'auteur que nous avons cité dans la note précédente : « Des gens du premier mérite, les Petit, les Tissot, un D'Alembert, un la Condamine eurent beaucoup de peine à introduire l'inoculation en France. Si elle eût été adoptée généralement, elle n'eût pas produit le mal qui résulta de son adoption partielle, en répandant çà et là l'infection variolique. Aussi dans une assemblée illustre où l'on exposa d'après des faits les avantages sans nombre de l'inoculation, plusieurs membres qui la désapprouvaient, citaient à l'appui de leur opinion quel-

---

(1) Ce fait, que je n'ai annoncé que comme supposé, est en effet historique, d'après ce passage du discours préliminaire du traducteur de l'ouvrage de Thornton : « En 1721, milady Wortley, duchesse de » Montagüe, épouse d'un ambassadeur de la cour d'Angleterre, ayant » apporté l'ouvrage de Timone dans sa patrie, le remit au docteur » Woodwood ; et il se répandit de là dans toutes les cours européennes. » (pages 4 et 5.)

ques passages d'une lettre du célèbre chevalier Pringle, sur la mortalité de la petite Vérole en Angleterre, devenue, selon lui, plus considérable qu'avant l'inoculation. Un médecin qui les avait écoutés en silence, se leva et dit : Il faut inoculer tous ceux qui n'ont pas eu la petite Vérole, ou personne. »

6) PAGE 27, VERS 9.

Dans sa philantropie, oh! que j'aime à le voir,
De la prévention secouant le pouvoir,
En dieu consolateur apparaître à la France !

« C'est pendant la négociation qui précéda le traité d'Amiens que nous vint d'Angleterre la connaissance de la découverte la plus salutaire, dit M. Dufour, qui ait jamais été faite, la Vaccine, dont l'éloge retentit d'un bout à l'autre de l'univers habité. A cette époque le docteur Aubert passa en Angleterre, et fit naître au docteur Woodville le désir de se rendre à Paris, dans le dessein d'y suivre l'emploi de la nouvelle inoculation. »

C'est donc à ce dernier que devraient s'appliquer ces vers du Poëme, si l'on n'eût craint de partager l'intérêt qui doit, pour se conformer aux règles de l'unité, se porter en entier sur l'illustre Jenner, regardé, pour ainsi dire, comme le héros de la pièce. Il faut en dire autant de la propagation de la Vaccine à Constantinople, laquelle a été due aux soins du docteur Decarro, médecin à Vienne en Autriche.

7) PAGE 27, VERS 12.

Déjà, depuis long-temps, il médite en silence
Si de dompter la mort il est un moyen sûr;
Quand soudain, à Berkley, dans un réduit obscur,

A côté d'une Io que trait une bergère,
L'auguste vérité de son flambeau l'éclaire :
Il voit que cette fille, en pressant de sa main
Le pis qui la nourrit, joint au lait un venin
Qui, reçu dans son sang, coule de veine en veine,
Et rend d'un mal affreux la guérison certaine.

« A l'ouest de l'Angleterre, dans la paroisse de Berkley, au comté de Glocester, Jenner, qui y exerçait la médecine, observa dans les grandes inoculations de Variole qui s'y pratiquaient chaque année, que plusieurs individus résistaient à l'épreuve de la petite Vérole, parce qu'ils avaient contracté la maladie de la Vaccine en trayant des vaches atteintes d'une maladie particulière sur le pis. Il fut frappé de l'idée de pouvoir propager cette maladie par la voie de l'inoculation de la même manière que la petite Vérole, d'abord avec le pus recueilli sur la vache, et ensuite d'un individu à un autre. Il eut le courage de faire cet essai, et il préserva pour toujours par-là l'humanité de la maladie la plus contagieuse qui ait jamais désolé les habitants du globe. C'est en 1798 qu'il publia cette merveilleuse découverte à l'univers saisi d'admiration et d'étonnement. » Voyez le discours déjà cité de M. Dufour.

8) PAGE 28, VERS 8.

Dépourvu de secours, vainement attendus,
Seul il arme un esquif, et paraît comme un ange
A l'Indien brûlé, que rafraîchit le Gange.

« La philantropie de Jenner ne se concentra pas dans l'intérieur d'un seul empire ; mais elle s'étendit d'un pôle à l'autre. Après avoir donné à l'Europe les moyens de se préserver de la petite Vérole, il s'occupa de porter dans l'Inde le bienfait salutaire que l'Europe recueillait avec une avide reconnaissance ; pour réaliser ce but, il m'autorisa à traiter pour lui, moyennant mille guinées, du transport d'une certaine quantité de virus Vaccin à Ceylan et dans nos autres possessions asiatiques. » Ce passage est extrait de l'éloge de Jenner par le docteur Lettsom. L'auteur y rend compte des tentatives superflues que fit Jenner auprès du gouvernement anglais pour seconder ses vues philantropiques. « Après quelques délibérations, écrivait-il au docteur Lettsom, toutes mes propositions ont été rejetées. »

9) PAGE 28, VERS 11.

A ces peuples imbus de superstition ,
Sur lesquels pèse encor la double oppression
Et des Nahers altiers et des antiques Brames ,
Jenner veut des Anglais faire oublier les trames.

On lit dans le N°. 311 de la Bibliothèque Britannique les passages suivants, concernant l'état actuel des mœurs des peuples de l'Inde : « Les lois des Indous, tout occupées à fixer chaque individu dans sa caste, ont l'effet de tenir tous les naturels du pays dans la sujétion ; elles peuvent contribuer au maintien des manufactures, mais elles arrêtent les progrès des sciences et bornent les facultés de l'ame..... »

« L'influence des Bramines est telle que les Indous les envisagent comme participant à la nature divine, et sont prêts à commettre, pour leur obéir, des actions que repousseraient avec horreur des hommes moins dégradés... »

¹⁰) PAGE 23, VERS 15.

Bientôt dans la cité que fonda Constantin,
Et qui servit de tombe au colosse romain,
L'humanité le guide, et son art salutaire
Envers le Musulman acquitte l'Angleterre.

L'Angleterre, après avoir rapporté de la Turquie la pratique salutaire de l'inoculation, lui a rendu en échange celle de la Vaccine, qui lui est si supérieure par sa bénignité et sa vertu préservative. Le système de la prédestination, qui avait repoussé des sectateurs de Mahomet, l'inoculation de la petite Vérole, s'est ébranlé en faveur de la Vaccine.

A Rome même où, il y a peu d'années encore, on était opposé à l'inoculation variolique, la Vaccine a trouvé des partisans qui ont enfin triomphé des obstacles et des préjugés que quelques ecclésiastiques avaient fait naître contre elle.

¹¹) PAGE 28, VERS 19.

De l'Aurore à Vesper, quelle est la nation
Qui de lui n'ait appris l'heureuse insertion
Qu'on peut avec succès, en tout temps, à tout âge,
Opposer au fléau fameux par son ravage ;
Cet art, dont la pratique exempte d'embarras,
N'offre de ses effets les vestiges qu'au bras ;
Qui jamais à l'enfer n'immole des victimes ;
Et qui, plein de respect pour les nœuds légitimes,
Ne force pas le frère à repousser la sœur,
Et par la peur d'un mal à lui fermer son cœur ?

Les personnes qui voudraient s'assurer que la peinture qui est faite dans ces vers des avantages et des effets de la Vaccine n'est pas exagérée, peuvent voir ce que dit sur le même sujet M. Husson, dans ses Recherches historiques et médicales de la Vaccine, page 165 et les suivantes.

12) PAGE 29, VERS 11.

Près du toit qu'il habite existe une chaumière,
Où, quand l'astre du jour commence sa carrière,
Jenner aime à venir, loin d'un œil indiscret,
Visiter l'indigent qu'il soulage en secret,
Et l'entourer des soins qu'éclaire sa science.

Que l'on ne prenne pas ce qui est dit ici de Jenner pour une fiction poétique : cette particularité de sa vie qui ajoute tant de force au sentiment de vénération que ses vertus sont faites pour inspirer, fait l'objet d'une lettre que le docteur Lettsom a insérée dans l'éloge déjà cité. Nous regrettons que son étendue nous empêche de la transcrire ici.

13) PAGE 29, VERS 23.

Un sénat l'honora d'un éclatant suffrage.

Le parlement d'Angleterre, jaloux de témoigner à Jenner la gratitude nationale, lui a accordé une somme de 10,000 liv. sterl. (242,000 fr.); et il a été arrêté que le Roi serait prié d'y en ajouter 500 (12,000 fr.) Sur une motion de l'amiral Berkley, à cette occasion (séance du 2 juin 1802), et après que quelques membres eurent parlé, tant en faveur de l'auteur qui avait fait de grands frais pour propager sa découverte, que dans les vues de doubler la somme proposée, le chancelier de l'échiquier a dit : « La chambre peut voter pour le docteur Jenner telle récompense qu'elle jugera convenable ; un fait constant, c'est que celui-ci a déjà reçu la plus belle récompense qu'un indi-

vidu puisse espérer, l'approbation unanime de la chambre
des communes, approbation bien précieuse, puisqu'elle
est le résultat de la plus grande ou de l'une des plus importantes découvertes que la société ait faites depuis la
création du monde. Je doute que la chambre ait jamais à
prononcer sur un point plus intéressant que celui qui oc-
cupe en ce moment le comité.... Le mérite de la découverte du docteur Jenner est au-dessus de toute expression. »

14) PAGE 30, VERS 17.

Semblable à ce soleil qui lui doit sa naissance,
Et dont quelques ingrats accusent la présence,
Sur vous qui l'outragez elle étend ses faveurs,
Et n'a que du mépris pour vos sourdes clameurs.

Les littérateurs exercés s'apercevront aisément que
cette comparaison est empruntée, sinon pour les termes
et la mesure des vers, au moins pour le fond de l'idée,
d'une strophe de la belle ode de M. Lefranc de Pompi-
gnan, sur la mort de J.-B. Rousseau.

15) PAGE 30, VERS 21.

Insensés ! il n'est plus ce temps de barbarie
Où les tuteurs des rois, opprimant leur patrie,
Condamnaient par arrêt l'inoculation.

Sous la dernière dynastie des rois de France, les corps
judiciaires, connus sous le nom de Parlement, s'étaient
rendus tout-puissants ; celui de Paris surtout s'était arrogé
les droits les plus étendus dans la connaissance des affaires
générales de l'intérieur du royaume et même de celles du
dehors, ainsi qu'on le voit à l'article *Parlement*, dans

l'Encyclopédie ; et c'est sans doute en ce sens que Voltaire appelait tuteurs des rois les membres du parlement de Paris, qui, au reste, abusa de son autorité lorsqu'il proscrivit l'inoculation et qu'il voulut se faire considérer comme le représentant de la nation.

Je ne parlerai pas du déchaînement qu'occasionnèrent autrefois l'antimoine, le kina, l'émétique, la circulation du sang, ainsi que la vérité la mieux reconnue aujourd'hui en astronomie, le mouvement de la terre autour du soleil. L'auteur du poëme de l'Inoculation n'a rien laissé à dire à ce sujet dans ses notes.

(6) PAGE 31, VERS 9.

Inoculer, dit-elle, est un art précieux :
Recevez, ô mortels, ce don venu des cieux.

La Sorbonne, consultée au sujet de l'inoculation de la petite Vérole, prononça *que ce qui pouvait être utile aux hommes ne pouvait offenser Dieu.*

(7) PAGE 31, VERS 23.

Déjà renaît l'espoir, quand, sous les traits de Vaume,
Qui craint qu'à nos douleurs cet art n'apporte un baume,
Le monstre de la mort, de nos larmes nourri,
A l'aspect de Jenner jette un horrible cri.

Nulle part la Vaccine n'a été combattue avec tant d'acharnement que dans le lieu même où elle a pris naissance, en Angleterre, où le docteur Rowley a joué, pendant sa vie, le premier rôle dans la ligue anti-vaccinale. En France elle n'a trouvé de contradicteurs dans la faculté de médecine de Paris, que M. Alphonse Leroi, dont le nom est de quelque poids, et M. J. S. Vaume, qui ne s'est acquis de la célébrité, pendant quelque temps, que par ses pamphlets contre la Vaccine. Aussi est-ce à lui que s'adressent dans ce poëme les traits lancés contre les détracteurs de la nouvelle inoculation. Quand bien même je ne l'eusse pas nommé, il n'est aucune personne un peu instruite de ce qui a rapport à l'introduction de la Vaccine en France, qui ne lui eût prêté le langage que je mets ici dans sa bouche, et dont il n'a que trop justifié l'application en niant des faits qu'on lui rendait palpables.

¹⁸) PAGE 33, VERS 5.

Vient aussi sur ses pas la triste Surdité,
Conduisant par la main sa sœur la Cécité,
Que Delille, en ses vers, sait rendre si touchante.

Le Virgile français a exprimé dans plusieurs endroits de ses immortels ouvrages les regrets les plus touchants sur la perte d'un sens auquel sa muse a dû tant et de si beaux sujets de nous charmer, par la représentation exacte et animée des scènes variées que nous offre la nature dans ses ouvrages.

¹⁹) PAGE 33, VERS 17.

Ce mal contagieux, sur les rives de l'Ain
Ravageait un hameau, quand l'honnête Perrin,
Qui de maire y reçut l'autorité chérie,
Se montre le sauveur de sa triste patrie.

Le fait dont il est ici question s'est passé à Bény, commune rurale, située dans le département de l'Ain, et com-

ces messieurs font insérer leurs réflexions; il vient de prendre la petite Vérole et en est mort, tellement regretté, que plus de deux mille personnes ont honoré son convoi funèbre de leur présence. »

M. Husson, en citant le même fait, ajoute : « On n'a pas encore eu de pareils faits à opposer aux apologistes de la Vaccine. Le bien qu'ils ont fait jusqu'à présent est de toute évidence ; le mal qui est résulté de leurs recherches est nul. *Recherche historique*, page 317. »

23) PAGE 36, VERS 11.

A vous il appartient, illustre comité,
Que dirigea toujours l'exacte vérité,
De plonger dans l'oubli ce moderne Érostrate,
Qui, pour se faire un nom, insolemment se flatte
De priver les mortels d'un art conservateur.

C'est à la fin du siècle dernier, que par les soins de M. Larochefoucault-Liancourt, philantrope éclairé, qui venait d'être témoin, pendant son séjour en Angleterre, des succès que l'on obtenait de l'inoculation de la Vaccine, il fut ouvert à Paris une souscription aussitôt remplie qu'elle fut proposée, dans la vue de propager la Vaccine en France. A cet effet, la société forma un comité qui procéda à l'examen de la nouvelle inoculation avec toutes les précautions que peut inspirer l'amour de la vérité. C'est après avoir chargé l'un de ses membres d'observer ce qui se passait en Angleterre, avoir fait eux-mêmes dans la capitale une foule d'expériences, et entretenu une correspondance active avec les vaccinateurs des départements et des pays de l'Europe où cette pratique commençait à prendre faveur, que les membres du comité central se sont crus

en droit d'affirmer la vertu préservative de la Vaccine et
de détruire victorieusement toutes les objections élevées
contre elle par la légèreté ou la malveillance.

24) PAGE 36, VERS 16.

Sans vous on le verrait, ce risible docteur,
A la toute-puissance oser mettre des bornes,
Nous menacer de naître un jour avec des cornes ;
Prétendre qu'un virus tiré d'un animal
Rabaisse la raison jusqu'à l'instinct brutal,
Et peut inoculer à nos races déçues
Le germe corrupteur de pestes inconnues.

« Dans l'origine, quelques personnes poussèrent la sot-
tise assez loin pour faire naître probablement à l'imagi-
nation des gens bornés, que la transmission de la maladie
d'une vache à un corps humain pouvait occasionner à ce
dernier les différentes humeurs qui appartiennent à la nature des bêtes ; d'autres, que l'enfant vacciné perdrait l'esprit pour prendre la brutalité du veau. D'autres furent
assez insensés pour croire qu'il pousserait à l'enfant des
cornes et une longue queue. » *Preuves de l'efficacité de
la Vaccine, pages* 132 — 33.

25) PAGE 37, VERS 2.

Bientôt on va l'ouïr, dans son égarement,
Crier à l'Ante-Christ avec le fol Erhman.

« Le docteur Erhman, de Francfort.... s'est efforcé de
prouver gravement, par des prophéties tirées des Saintes
Écritures et des pères de l'Église, que la Vaccine n'est
rien moins que l'Ante-Christ. A coup sûr on peut soup-
çonner un pareil homme de démence, à moins qu'on ne

préfère le considérer comme une mauvaise copie du fana-
tique Massey, qui soutint en chaire que le diable avait
greffé la petite Vérole sur Job. » *Recherches historiques,*
page 319.

26) PAGE 37, VERS 24.

Eh bien ! que d'une Io la bienfaisante haleine
Dans leur sang insinue un baume végétal :
Ce baume détruira la racine du mal.

Dans le Narrateur de la Meuse, feuille périodique qui
s'imprime à Commercy, on lit ce qui suit : « Dans le
n°. 360 de ce journal (12 février 1809), nous avons parlé
sommairement de deux nouvelles guérisons de l'épilepsie,
obtenues au moyen du séjour des malades dans une étable,
sous l'haleine des vaches. Nous disions alors que notre article était par anticipation sur les détails satisfaisants que
nous avions à publier. Ce sont ces détails que nous devons
produire aujourd'hui, puisque l'impatience de grand nombre de familles ne permet pas d'attendre l'époque à laquelle nous comprendrons dans un mémoire tous les faits
relatifs à la boulepsithérie. Nous éprouvons de la difficulté
à réunir ces faits épars, à raison du silence des personnes
qu'ils concernent, et aussi par la répugnance à se soumettre à la pratique indiquée chez une nation où tout
ce qui a un caractère de nouveauté est vite accueilli, et où
ce qui tend à sa conversation éprouva de tout temps défa-
veur à son origine. »

L'auteur entre ensuite en matière, répond aux objections qu'il prévoit et s'appuie surtout de plusieurs faits
qu'il serait trop long de rapporter dans cette note. Nous
renvoyons les lecteurs à l'article même qui nous a fourni

ce qui vient d'être dit, ou plutôt au mémoire que l'on annonce sur cette découverte intéressante.

27) PAGE 38, VERS 1.

> Voyez aussi ce chien, dont la gueule écumante
> Refuse d'étancher la soif qui le tourmente ;
> D'un reptile effrayant si le subtil venin,
> Pour le guérir alors pénètre dans son sein,
> Il se calme à l'instant : aux accès de la rage
> L'instinct qui le conduit cesse d'être en partage.

On sait que le célèbre Spallanzani a fait différentes expériences sur le venin de la vipère. M. Bouriat, dans ses Recherches et Réflexions sur la rage, rapporte le fait que lui a transmis Joseph de Baruel-Bauvert, par sa lettre du 14 octobre 1802. On y lit : « Que Spallanzani se promenant un jour aux environs de Naples, entra, pour se reposer, dans un château dont il connaissait le propriétaire. Il trouve, dans la première cour, un chien de garde attaqué de tous les symptômes d'hydrophobie, c'est-à-dire écumant, hurlant, prêt à se jeter sur ceux qui l'approchaient, même sur les personnes accoutumées à le soigner. Spallanzani observait attentivement ce chien, lorsqu'un chasseur arrive tenant dans un bâton à moitié fendu, faisant l'office de pince, une vipère vivante. Il s'empare du bâton et présente la vipère au chien, qui s'élance de toute la longueur de sa chaîne sur le reptile ; la vipère mord le quadrupède en s'attachant à sa lèvre supérieure : aussitôt le chien redouble ses hurlements, se débat, secoue la vipère, la détache et la coupe en pièces. Qu'arriva-t-il ? ce chien s'approcha de l'eau dont il avait horreur, il en but, et il fut guéri. »

Sans doute que de ce fait particulier on ne doit pas conclure que le venin de la vipère soit, dans tous les cas, un spécifique assuré contre les différentes espèces d'hydrophobie, peut-être n'agit-il d'une manière efficace que sur les chiens ; car des médecins instruits assurent que l'essai en a été infructueux sur des hommes attaqués de la rage : mais on pourrait leur demander si cet essai a été fait au moment où le virus de l'un était assez développé pour que celui de l'autre pût le neutraliser. Au reste quelle que soit la circonspection que doive apporter la médecine dans l'application d'un pareil remède, il me semble que la poésie n'est pas tenue à la même réserve, et qu'il lui suffit qu'un fait soit attesté par des personnes dignes de foi pour avoir le droit de s'en emparer. Qui ne connaît pas d'ailleurs l'usage médicinal de la vipère ? Ceux qui l'ignorent peuvent consulter ce qu'en dit Méad dans son Traité de ce reptile, *tome 1ᶜʳ.*, *page 107.*

²⁸) PAGE 38, VERS 8.

> De ce poison actif, de ce roulant métal,
> Que, pour prévoir la pluie, en un tube on dispose,
> Et qu'à l'or de la mine on unit au Potose,
> On s'est fait un appui contre le mal honteux
> Qui nous vint d'Amérique avec des biens douteux.

Ce sont les Arabes qui ont, les premiers, introduit l'usage du mercure pour la maladie vénérienne. Comme ils employaient depuis long-temps les onguents mercuriaux pour la galle et la lèpre, ils donnèrent aux médecins italiens l'occasion d'en éprouver l'efficacité contre une maladie nouvelle dont la contagion se répandait, et qui affectait principalement la peau. *OEuvres de Méad*, 4ᵉ. *essai sur les Minéraux*, tome 1ᵉʳ., pages 186 — 88 — 97.

On sait à présent que le mercure ne devient un poison connu sous le nom de sublimé corrosif, que par son mélange avec le sel ordinaire. Dans son état naturel il peut se prendre sans danger contre plusieurs maladies.

On connaît également la propriété qu'a le mercure de s'unir à l'or et à l'argent : c'est sur cette connaissance qu'est fondé le traitement des mines d'or et d'argent de presque toute l'Amérique.

Quant à l'emploi du mercure dans la composition des baromètres et des thermomètres, il est si connu, qu'il est inutile d'en parler.

29) PAGE 34, VERS 14.

L'antimoine répare une santé flétrie.

L'antimoine est une substance minérale de nature métallique qui se dissout dans l'eau, et dont un moine allemand découvrit le premier les propriétés purgatives. Il ne fut reçu dans la médecine que par autorité publique ; et le parlement de Paris n'en permit l'usage qu'en 1650, un siècle après l'avoir proscrit.

30) PAGE 38, VERS 15.

Préférable à l'or même, une poudre à nos corps
Par la fièvre abattus rend de nouveaux ressorts.

L'arbre du quinquina vient de lui-même dans le Pérou, qui est une contrée de l'Amérique méridionale, surtout auprès de Loxa, sur les montagnes qui environnent cette ville, à soixante lieues de Quito. La propriété fébrifuge de son écorce n'acquit quelque célébrité qu'en 1638, à l'occasion d'une fièvre tierce opiniâtre dont la comtesse de Chinchon, vice-reine du Pérou, ne pouvait guérir depuis plusieurs mois, et qui ne céda qu'à l'action de ce précieux remède. Voyez l'Encyclopédie, au mot *quinquina*.

31) PAGE 38, VERS 17.

Enfin, n'a-t-on pas vu l'étonnant galvanisme
Aux membres engourdis donner de l'éréthisme,
L'ingénieux Guyton désinfecter les airs,
Et Gall de nos cerveaux fouiller les plis divers?

Le savant Galvani a attaché son nom à la découverte qui lui est due de la propriété singulière qu'a le fluide électrique de produire des contractions musculaires dans les membres soumis à son action. M. Sue, dans son Histoire du Galvanisme, cite un exemple curieux de l'application heureuse qui a été faite de ce fluide par M. Opperman, étudiant en médecine, à son père qui était paralytique de la moitié de ses membres, et qui recouvra en quelques jours l'usage de la parole et des membres paralysés. *Tom. 2, pag. 224 et suivantes.*

Personne n'ignore que l'on doit au savant M. Guyton de Morveau, la découverte importante de désinfecter l'air par le moyen de l'acide muriatique oxigéné.

Quant au docteur Gall, ceux même qui redoutent les conséquences de sa doctrine, conviennent que l'anatomie du cerveau lui a de grandes obligations.

32) PAGE 39, VERS 6.

Il faut , pour contenter vos désirs inquiets,
Aller , Européens, à des peuples timides
Arracher un métal dont vous êtes avides;
En échange des leurs chez eux porter vos maux,
Et de Gatimozin vous faire les bourreaux.

Les cruautés commises par les Espagnols lors de la conquête du nouveau monde, sont trop connues pour qu'il soit nécessaire de les rappeler ici en détail à nos lecteurs. On se rappelle surtout le supplice horrible de ce Gatimozin , si fameux par les paroles qu'il prononça , lorsqu'un receveur des trésors du roi d'Espagne le fit mettre sur des charbons ardents , pour savoir en quel endroit du lac il avait jeté toutes ses richesses. Son grand-prêtre, condamné au même supplice , poussait les cris les plus douloureux : Gatimozin lui dit sans s'émouvoir : « Et moi, suis-je sur des roses ? »

33) PAGE 39, VERS 17.

On vous voit , vous fiant aux hasards d'un vaisseau ,
Porter , la foudre en main , l'effroi dans les deux mondes ,
Pour l'or , creuser des monts les entrailles profondes,
Y plonger tout vivants de malheureux humains ;
Chez l'Arabe on vous voit braver des maux certains ,
Acheter , sans frémir , une fève odorante ,
Au lieu même où naquit la peste dévorante
Qui n'a cédé qu'à l'art d'un bienfaisant mortel.

Nous ne répéterons pas tout ce qui a été dit sur le trafic que font les Européens, des Nègres qui servent à l'exploitation des sucreries dans les îles Antilles : si la question relative à ce commerce et à l'esclavage de ces malheureux est jugée au tribunal de la philosophie, elle ne l'est pas également à celui de la politique.

L'arbre qui produit la baie connue sous le nom de café, est originaire de l'Arabie, patrie des aromates, d'où il a été transplanté dans les Antilles. Or nous avons vu dans la première note de ce poëme que les Arabes sont un des peuples intermédiaires qui nous ont transmis la petite Vérole, la rougeole et surtout la peste. Aussi Méad, dans son Traité de cette dernière maladie, tom. 1er. de ses Œuvres, pag. 315, s'exprime-t-il ainsi : « Ce qu'il est important de remarquer, c'est que les différentes nations de l'Europe ont été plus ou moins affligées de la peste, en raison du plus ou moins de commerce qu'elles ont eu avec l'Afrique ou avec ces parties de l'orient qui ont plus de communication avec elle. Cette observation sert à résoudre le problème qui consiste à demander pourquoi la population, autrefois si considérable parmi les nations septentrionales, a si fort diminué de nos jours ? c'est que dans ces temps reculés elles n'avaient aucun commerce avec l'Afrique, et qu'elles étaient moins exposées à la peste qui naît de cette communication. »

34) PAGE 40, VERS 13.

> Apprends que des humains telle est la différence,
> Qu'ici c'est le savoir et là c'est l'ignorance
> Qui leur donne un haut vol ou borne leur essor ;
> Qu'un génie inventif pour eux est un trésor ;
> Qu'ils lui doivent leurs lois, leur riche agriculture.

Goldsmith a dit déjà : « L'homme n'est jamais si grand

que lorsqu'il sait, par ses inventions, améliorer son sort. »
On saisit cette occasion de déclarer que dans cette partie
du poëme on a fait entrer quelques unes des idées rassem-
blées dans un petit écrit du docteur Thornton, intitulé :
De la nécessité de la Vaccination démontrée, où l'auteur a eu pour objet de se mettre à la portée des esprits
les moins cultivés.

35) PAGE 41, VERS 15.

Mais permets, à ton tour, qu'au siècle des miracles
Thouret, Husson, Pinel, soient pour nous des oracles.

On doit aux travaux et aux écrits des membres du comité central de Vaccine, médecins célèbres d'ailleurs,
l'introduction et la propagation en France de cette pratique immortelle.

36) PAGE 42, VERS 11.

Ainsi que rien n'échappe au dieu de l'univers,
A tout Napoléon étend ses soins divers ;
Soit que, sublime anteur des plus sages réformes,
Il régisse l'état par des lois uniformes,
Et relève à la fois, par ses faits immortels,
Sur d'anciens fondements le trône et les autels;
Soit que d'inquisiteurs il purge l'Ibérie,
Ou qu'il protège un art qu'Alphonse en vain décrie,

Il était impossible de parler de la découverte qui honore le plus notre siècle, sans rappeler la protection spé-
ciale qu'elle a reçue de Sa Majesté I. et R. et de son auguste famille. Cet éloge est sans doute trop circonscrit ;

mais l'objet principal du poëme ne permet pas d'accorder l- plus d'étendue à un sujet qui demanderait à lui seul une longue épopée.

37) PAGE 42, VERS 19.

O Français ! quand la foudre à vos ordres fléchit;
Que des trésors des arts Lutèce s'enrichit ;
Qu'à des faits merveilleux votre histoire est ouverte,
Accueillez de Jenner l'heureuse découverte.

Franklin nous a enseigné à nous garantir de la foudre au moyen du paratonnerre.

La collection la plus magnifique qui ait peut-être jamais existé des chefs-d'œuvre les plus rares en peinture et en sculpture a été formée au sein de la capitale, dans la fameuse galerie du Louvre, par les soins d'un héros dont tous les pas, comme ceux d'Alexandre, ont été marqués par les plus brillants exploits et par des conquêtes faites sur les arts, qui ont servi à enrichir sa patrie.

EXTRAIT DU RAPPORT

FAIT A LA SOCIÉTÉ D'ÉMULATION DE CAMBRAI,

PAR M. SERVOIS,

Au nom de la Commission chargée d'examiner les ouvrages en vers, envoyés pour le concours sur LA VACCINE.

MESSIEURS,

Vous ne vous étiez point flattés d'un vain espoir en comptant que l'intérêt qu'inspire la découverte de la vaccine pourrait échauffer la verve des amis de l'humanité. L'inoculation (1), « cette faible digue opposée au fléau destructeur de la petite Vérole, qui trouve le moyen de se propager par le procédé même destiné à affaiblir ses coups, » l'inoculation a trouvé des chantres pour célébrer ses bienfaits; comment la Vaccine, qui préserve des atteintes de ce mal affreux, n'aurait-elle pas les siens?

Le nombre des concurrents qui se sont présentés pour disputer le prix, annonce que votre appel a été entendu, et que, si la poésie se plaît quelquefois à créer et à embellir d'agréables chimères, elle ne se prête pas avec moins d'empressement et de succès à la défense de la vérité, surtout lorsqu'il s'agit d'en assurer le triomphe

---

(1) Discours préliminaire du poëme n°. 6, sur la Vaccine.

pour l'avantage du genre humain. Eh! quelle découverte, pouvons-nous dire avec le parlement de la Grande-Bretagne, quelle découverte fut jamais plus généralement utile que celle de Jenner?

Vous aviez chargé une commission d'examiner les ouvrages qui vous sont parvenus sur ce sujet important. Elle s'en est occupée pendant plusieurs séances; elle a pesé les droits que chacune de ces productions pouvait avoir à la palme promise. L'opinion qu'elle s'en est formée, et que j'ai l'honneur de vous soumettre de sa part, est le résultat de l'attention la plus scrupuleuse et de l'impartialité la plus absolue.

Nous désirons, Messieurs, que vous la confirmiez en l'adoptant, parce que nous la croyons juste; mais nous vous verrions sans peine porter un jugement différent du nôtre. Nous préférerons toujours la justice au plaisir de faire prévaloir nos idées particulières.

Vous ne vous êtes pas néanmoins attendus que les efforts de tous les athlètes qui sont entrés dans la lice seraient également heureux. Les Muses ont un langage qu'il n'est point donné à tout le monde de parler avec élégance, avec pureté. Le dieu des vers ne répond pas toujours à ceux qui l'invoquent. L'indignation a, vous le savez, Messieurs, transporté quelquefois sur la cime de l'Hélicon même ceux qu'elle animait; mais plus souvent encore les vues les plus louables n'ont point obtenu le succès qui semblait devoir les couronner; et la meilleure volonté s'est vue contrainte de rester bien en-deçà du but qu'elle espérait atteindre. Mais, du moins alors quiconque échoue dans une pareille entreprise a droit à des ménagements, à des égards. Vous en aurez donc, Messieurs, vous-mêmes pour les rivaux moins heureux que l'amour du bien public attira dans une carrière peut-être nouvelle pour eux, et dans laquelle ils étaient évidemment encore trop novices. Et qui sait même si cette espèce de défaite ne les enflammera point d'une nouvelle ardeur? qui sait s'ils ne triompheront pas de l'adage : *Nascuntur poetæ, fiunt oratores?* qui sait enfin s'ils ne forceront pas le dieu du Pinde à sourire à leurs constants efforts? La couronne que vous allez décerner peut produire sur leurs cœurs la même impression que firent sur celui de ce jeune Athénien les trophées d'un grand capitaine; et brûlant, comme lui, de marcher sur les traces du poète que vous proclamerez vainqueur, il est possible qu'ils ne goûtent plus aucun repos jusqu'à ce qu'ils aient mérité la même distinction honorable.

Mais il est temps de vous dire comment chacun des six concurrents qui se disputent le prix a fourni sa carrière; jusqu'à quel point il s'est approché ou éloigné du but. Nous croyons convenable, avant tout, de vous rappeler les termes mêmes de la question proposée. Un (1) critique judicieux disait naguères avec raison, « qu'il est essentiel que ces questions soient bien posées et clairement énoncées; autrement on doit s'attendre à recevoir des discours où l'ordre, l'élégance et la clarté sont sans cesse sacrifiés à d'ambitieuses recherches et à une érudition mal dirigée. » Le concours actuel nous offre la preuve des abus de ce genre. Est-ce à la Société d'Émulation de Cambrai qu'il en faut imputer la faute, ou doit-on la rejeter sur le peu d'attention de la part des concurrents à se

(1) Journal de l'Empire.

conformer à ses vues ? Il nous semble que la question que vous avez proposée n'avait rien de vague et d'indéterminé, et que tous les termes, au contraire, en étaient clairs et précis ; voici en effet ce que vous avez dit :

« La petite vérole a de si funestes effets, que le moyen d'en préserver l'humanité doit être considéré comme un bienfait de la Providence. Cependant, malgré les nombreuses victimes de ce fléau destructeur, on en repousse encore le préservatif qu'une heureuse découverte a mis à notre disposition. La vaccine est toujours un don stérile pour un certain nombre de familles ; c'est encore pour quelques personnes un objet de dérision, de dédain et même d'horreur.

» Des médecins distingués, des sociétés savantes, des magistrats d'un mérite supérieur ont publié de fort bons écrits sur les avantages de la vaccination ; mais il est des préventions difficiles à vaincre. Les raisonnements frappent moins certains esprits que le ridicule. On croit donc qu'il importe que la poésie s'arme *des traits de la satyre* contre les objections fausses et puériles que le préjugé oppose à cette innocente et salutaire nouveauté. Le tableau des ravages de la petite vérole, la critique des folles déclamations des ennemis de la vaccine et le développement du bien qu'elle doit procurer, offrent un sujet suffisant, peut-être, pour échauffer la verve du poëte philantrope. »

(M. le rapporteur passe successivement en revue les pièces N.os I, II, III, IV, V ; puis, arrivé à celle du N°. VI, il s'exprime ainsi :)

Il ne nous reste plus, Messieurs, qu'à vous entretenir du poëme portant pour épigraphe : *Ea visa salus morientibus una.* C'est celui qui nous a paru être incontestable-

ment le meilleur. Il se recommande par l'étendue du travail, par la manière dont il est exécuté, et par le grand
nombre de connaissances qu'il suppose dans l'auteur. Nous
pensons que la critique y trouvera beaucoup moins à re-
prendre qu'à louer, soit qu'elle le considère dans son
ensemble, soit qu'elle examine séparément les parties qui
le composent. Le discours préliminaire, surtout, est sage-
ment pensé et bien écrit. Des notes curieuses et instruc-
tives sont placées à la suite de l'ouvrage et indiquent les
sources où l'auteur a puisé.

En vous offrant l'analyse du discours préliminaire, ce
sera vous faire connaître le plan du poëme et vous donner
une idée de la manière claire, précise et méthodique que
l'auteur a employée dans la composition de son ouvrage.

« Il est, dit-il, donné quelquefois à l'homme de génie
de pénétrer dans la profondeur de l'aven ir, et de pronostiquer des phénomènes qui paraissent à peine croyables au vulgaire, alors même qu'ils se passent sous ses
yeux. C'est ainsi que long-temps avant la découverte de
Jenner, le célèbre Boerhaave en pressentit la possibilité.
Ses contemporains tournèrent cette idée en ridicule. Elle
se réalisa néanmoins, et Jenner ne fut pas non plus à l'abri
de la contradiction. Les ennemis de la Vaccine ferment les
yeux à la vérité qui les presse de toutes parts : il faut les
combattre avec l'arme du ridicule. Cette petite guerre
fournira d'ailleurs l'occasion de célébrer les bienfaits de
cette précieuse découverte. On doit s'étonner que personne ne se soit encore emparé d'un pareil sujet, qui n'est
certainement pas plus dénué de beautés poétiques que
la peste, dont Lucrèce, Virgile et M. Delille nous ont
tracé des peintures que les amateurs de la belle poésie

lisent toujours avec un plaisir nouveau. A la vérité le génie sublime obtient des succès là où échoue la médiocrité ; mais cette considération ne doit pas arrêter le chantre de la Vaccine. Il ne doit pas être arrêté davantage par le grand nombre d'excellents écrits que la médecine a publiés sur cette matière, et qui semblent lui avoir acquis le droit exclusif d'en parler. D'ailleurs le but du poète n'est point de faire un traité de médecine ; il ne doit donc pas en suivre la marche. Il s'agit moins en effet, pour lui, d'épuiser toutes les ressources du raisonnement, que d'arriver au cœur par un juste emploi du sentiment mêlé quelquefois à la plaisanterie. »

Mai comment renfermer un sujet aussi vaste dans le cadre ordinaire pour les pièces de concours ? L'auteur pense avec raison que vous n'avez rien limité à cet égard, et que, pourvu que les concurrents n'en abusent point, il a été dans votre intention de leur laisser une certaine latitude pour le développement de leurs idées.

Voici en conséquence ce qu'il s'est dit à lui-même pour se fixer sur le plan qu'il a cru indiqué par votre programme.

« Une maladie horrible décime le genre humain. L'inoculation, faible digue opposée à ce fléau destructeur, présente des inconvénients tels qu'il faudrait inoculer tout le monde ou n'inoculer personne. Jenner découvre, dans une maladie très bénigne et particulière (1) aux va-

---

(1) Il est probable que le *cow-pox* existe en France dans quelques parties des départements de l'Allier, de l'Eure, de la Moselle et de Sambre-et-Meuse ; comme il est certain qu'il existe en Espagne, dans le Piémont, dans la Saxe et en Norwège : ce n'est donc pas une maladie particulière aux troupeaux de la Grande-Bretagne. (*Voyez le rapport sur les Vaccinations pratiquées en France en 1806 et 1807.*)

ches du comté de Glocester, un préservatif assuré de la petite Vérole : des milliers d'expériences répétées dans toutes les parties de l'Europe en attestent l'efficacité. Bientôt cette pratique si simple, si facile et si peu coûteuse que les gens de campagne peuvent l'employer eux-mêmes à l'égard de leurs enfants, se propage avec le même succès dans tout le monde connu.

» Cependant la prévention et l'intérêt personnel osent révoquer en doute les faits les plus authentiques et les mieux prouvés ; ils vont même jusqu'à imputer à la vaccine des maux auxquels elle ne peut avoir aucune part et que souvent elle prévient ou guérit. Les contes les plus absurdes sont répandus dans la classe ignorante de la société, pour l'éloigner de cette pratique innocente et précieuse.

» C'est alors qu'il est du devoir du poëte de s'armer des traits de la satyre pour en percer ces êtres qui vont semant le mensonge et la calomnie, et sont aussi dangereux que la maladie à laquelle ils nous conseillent de nous résigner. »

L'auteur introduit dans son poëme la *vérité* et la *mort*, qu'il personnifie. La première rend dans la Sorbonne un oracle favorable à l'Inoculation et fait pressentir la découverte de Jenner. La seconde, escortée de toutes les infirmités qui trop souvent accablent les tristes victimes que la petite Vérole a épargnées, exerce, à l'aide de celle-ci, ses ravages dans un village. Elle en est repoussée par le maire et le curé, tous deux partisans de la Vaccine.

Cet épisode fort bien narré est suivi de deux autres également vrais dans leurs circonstances essentielles.

L'auteur, en terminant son discours préliminaire, parle d'un poëme sur l'*Inoculation*, qui parut en quatre chants, sans nom d'auteur, vers le milieu du siècle dernier. La seule ressemblance qui se trouve entre ce poëme et celui de la *Vaccine*, c'est qu'ils ont l'un et l'autre à peindre les ravages de la petite Vérole et les bienfaits d'une méthode curative. Le premier est didactique ; l'auteur entre dans des détails de maux et de remèdes qui sont du ressort de la médecine. Dans le second, on ne pouvait parler de médicaments, puisqu'ils sont inutiles à la Vaccine. Enfin le poëme sur l'Inoculation est une espèce de manuel à l'usage des mères de famille. Mais pour instruire le peuple dans un art quelconque, il faut employer le langage qui lui est le plus familier, celui de la prose ; et là où le médecin et l'apothicaire arrivent, l'un avec ses ordonnances, et l'autre avec ses drogues, le poète doit se taire et leur faire place.

Le nôtre reconnaît cependant qu'il a profité de quelques notes du poëme de l'Inoculation. Il en a pris aussi l'épigraphe, désormais applicable à la Vaccine seule, comme étant l'unique préservatif de la petite Vérole.

Nous connaissons un second poëme sur l'Inoculation, de la même date, à peu près, que le premier. Il est de M. Poinsinet jeune, en trois chants, avec cette épigraphe : *Principiis obsta : serò medecina paratur ; cum mala per longas invaluere moras.* On y trouve une sortie contre nos éternels ennemis, les Anglais, alors, comme aujourd'hui, en guerre avec nous. L'auteur y prédit la ruine de ces orgueilleux insulaires, du moment que nos guerriers pourront franchir le court intervalle qui les sépare du continent.

Vous êtes à même, Messieurs, de juger de la marche du chantre de la Vaccine. Nous aurions pu vous citer plusieurs morceaux de ce poëme pour justifier la préférence que nous lui donnons sur ceux des autres concurrents ; mais il est déjà connu de la Société, et ce rapport s'est peut-être prolongé au-delà du terme qui lui était naturellement assigné : ce poëme doit d'ailleurs être livré à l'impression. Il sera donc soumis au tribunal de l'opinion publique, juge suprême et impartial. Ce tribunal pourra trouver quelques hémistiches de remplissage, quelques rimes défectueuses, d'autres à peine suffisantes, quelques vers prosaïques et pas assez de ce léger badinage que vous aviez exigé, et que l'auteur avait promis dans son discours préliminaire, comme plus propre à faire impression sur les détracteurs de la Vaccine que ne le ferait le ton grave de l'austère raison ; mais la critique applaudira sans doute, comme vous, à l'intention et aux efforts de l'auteur pour atteindre le but proposé. Elle applaudira à plusieurs tirades qui nous ont paru de bonne facture. En faut-il davantage pour mériter de l'encouragement ? *Ubi plura nitent in carmine, non ego paucis offendar maculis*. Telle est la condition exigée par l'arbitre du goût et le conservateur des principes chez les Romains. Serions-nous plus difficiles, nous qui n'avons d'autres titres pour nous ériger en censeurs que le désir du bien et peut-être aussi le sentiment de ce bon goût ? Nous sommes même persuadés que l'auteur ferait aisément disparaître plusieurs des taches que le temps ne lui a point permis d'effacer avant de vous le soumettre. La commission est donc d'avis que l'auteur de ce poëme a assez bien répondu aux intentions de la Société pour obtenir le prix que vous avez proposé ; c'est à vous, Messieurs, qu'il appartient de prononcer : nous avons rempli notre tâche.

Extrait des procès-verbaux de la Société d'Émulation de la ville de Cambrai.

Séance du 12 octobre 1809.

APRÈS avoir entendu M. Servois, au nom de la commission chargée d'examiner les ouvrages en vers sur la Vaccine, envoyés par le concours,

La Société, adoptant les conclusions du rapport et les motifs qui y sont développés, décerne le prix à l'auteur du poëme n". 6, portant cette épigraphe :

Ea visa salus morientibus una.

(VIRG. *Georg.* lib. III, v. 510.)

On ouvre le billet cacheté, et le nom de l'auteur est M. Antoine-Marie Gauthier-Désiles, membre du conseil de préfecture du département de l'Ain, à Bourg.

La Société déclare, en outre, avoir distingué particulièrement des autres ouvrages sur le même sujet, celui qui porte le n°. 5, avec cette épigraphe : *Hæ nugæ seria pingunt*, dont l'auteur est M. Malinas (Antoine-Augustin), d'Angers, et celui qui porte le n°. 4 et cette épigraphe : *Les préjugés nuisibles à la Société ne peuvent être que des erreurs, et doivent être combattus.* L'auteur est M. Hécart, secrétaire de la Mairie de Valenciennes.

Pour extrait conforme à la minute :

FAREZ, *secrétaire perpétuel.*

FIN.